WILMETTE PUBLIC LIBRARY
D0627874

WITHDRAWN
Wilmette Public Library

WILMETTE PUBLIC LIBRARY
1242 WILMETTE AVENUE
WILMETTE, IL 60091
847-256-5025

J460
GA

Dirección editorial:
Departamento de Literatura
Infantil y Juvenil

Dirección de arte:
Departamento de Imagen y Diseño GELV

Diseño de la colección:
Manuel Estrada

El 0,7% de la venta de este libro se destina al Proyecto «Mejora de la Calidad y oferta educativa del ciclo diversificado del Instituto Tecnológico Quiché de Chichicastenango (Guatemala)», que gestiona la ONG Solidaridad, Educación, Desarrollo (SED).

© Del texto: Ramón García Domínguez
© De las ilustraciones: Emilio Urberuaga
© De esta edición: Editorial Luis Vives, 2010
Carretera de Madrid, km. 315,700
50012 Zaragoza
Teléfono: 913 344 883
www.edelvives.es

Editado por Celia Turrión

ISBN: 978-84-263-7368-7
Depósito legal: Z. 4324-09

Talleres Gráficos Edelvives (50012 Zaragoza)
Certificados ISO 9001
Printed in Spain

Reservados todos los derechos. Cualquier forma de reproducción, distribución, comunicación pública o transformación de esta obra sólo puede ser realizada con la autorización de sus titulares, salvo excepción prevista por la ley. Diríjase a CEDRO (Centro Español de Derechos Reprográficos, www.cedro.org) si necesita fotocopiar o escanear algún fragmento de esta obra.

FICHA PARA BIBLIOTECAS

GARCÍA DOMÍNGUEZ, Ramón (1943-)
El niño gol / Ramón García Domínguez ; ilustraciones, Emilio Urberuaga. – 1ª ed. – Zaragoza : Edelvives, 2010
40 p. : il. col. ; 20 cm. – (Ala Delta. Serie roja ; 59)
ISBN 978-84-263-7368-7
1. Fútbol. 2. Radio. 3. Relación padre-hijos. 4. Superación. I. Urberuaga, Emilio (1954-), il. II. Título. III. Serie.
087.5:821.134.2-3"19"

El niño gol

Ramón García Domínguez

Ilustraciones
Emilio Urberuaga

Para Óscar, recién llegado.
Y para Nuchi, Mike y Gloria, a su alrededor.

El papá de Quique es muy cariñoso.

No os podéis imaginar cuánto quiere a su hijo.

Lo quiere más que a nada en el mundo.

¡Lo quiere a todo querer!
Lo quiere con un cariño...
¡de Campeonato Mundial!
¡Eso!

Pero el papá de Quique
es también muy exigente.
Quiere que Quique haga

todas las cosas súper bien
y que sea el primero de la clase.
Que sea un campeón.

Quique lo intenta,
pero no siempre lo consigue.
Unas veces saca buenas notas
y otras solo regulares.

Su papá menea entonces la cabeza y le dice cariñosamente:

—Vamos, Quique, tienes que esforzarte un poco más. ¡Tú puedes! ¡Tienes que meter gol!

Eso le dice. Porque el papá de Quique es locutor deportivo y narra por la radio los partidos de fútbol.

Y para él, meter un gol
es lo más de lo más
que puede hacer un futbolista.

Meter un gol en fútbol
es igual que sacar sobresaliente.
Y sacar sobresaliente en clase
es igual que meter un gol.
Por eso se lo dice a Quique.
Y Quique sigue buscando ese gol.

MATEI
AO

Lo intenta con toda su alma,
pero siempre le falta un poquitín.
Cuando su papá ve las notas
del cole, menea la cabeza
y, sin dejar de sonreír, le dice:

—Está bien, Quique, no digo que no, pero hay que apuntar mejor a puerta.

Te ha faltado un pelín para meter gol.

¡Tu balón ha dado en el larguero de la portería!

Quique sigue y sigue esforzándose,
y un día... ¡consigue al fin
meter el gol que quiere su papá!

La maestra le ha puesto sobresaliente
y Quique corre a casa loco de contento.

¡Cómo le brillan los ojos,
cómo le brinca el corazón
dentro del pecho!

—¡Mira mis notas, papá!
—dice Quique, mostrándole,
orgulloso, el boletín.

El papá de Quique se pone las gafas,
examina atentamente el papel,
abre una sonrisa más grande que nunca,
abraza a su hijo y le dice:

—¡Gol, esto sí que es un gol!

Pero Quique se queda de piedra.
Completamente decepcionado.
No se lo puede ni creer.
Toda la alegría
se le ha apagado de repente.

Cuando un futbolista
mete gol, su papá grita
por el micrófono de la radio
«¡GOOOOOOOOOOOOOOL!»
durante medio minuto,
y ahora solo ha dicho «¡Gol!»
a secas. No puede ser.

¿Es que el gol de Quique vale menos que un gol de Messi, de Villa o de cualquier otro futbolista famoso?

No puede ser.

«El fútbol es injusto», piensa Quique.

Sí, claro, «unas veces se gana y otras se pierde...».

Pero es injusto.

Lo que no sabe Quique
es la sorpresa que le espera.

Esa misma tarde, su papá lo llama
al despacho, como hace siempre,
para el ensayo de voz.

¿Y qué es el ensayo de voz?
Todos los viernes
prepara la retransmisión
de los partidos del fin de semana.

Durante un rato,
recita de corrido y en voz alta
las alineaciones de los dos equipos.

Incluso imagina alguna
posible jugada, que también narra
con entusiasmo, como si ya estuviera
en la radio.

Quique acude al despacho
de su papá un poco cabizbajo.
Sin ánimo.

Casi convencido
de que no podrá
remontar el partido.

Y su papá comienza a narrar:

—Se hace Xavi con el balón, lo juega con Messi...

»Messi avanza como un cohete... pero ha cortado Raúl...

¡No, no, no es Raúl!

¡Es Quique,
el pequeño delantero,
la nueva sensación
del equipo local!

Quique avanza, sortea a uno,
a dos, a tres contrarios...
Lleva el sobresaliente
entre las botas, chuta y...
¡Gol, gol, gol, gol, gol!

¡Gooooool!

¡Goooooooooool de Quiqueeeeeeee!

TÍTULOS PUBLICADOS

33. *¿De dónde sale esta niña?* **Thierry Lenain**
34. *Sólo a mí me pasa.* **Gabriela Keselman**
35. *La patulea de la reina.* **Agnès Bertron**
36. *Sola y Sincola.* **Patxi Zubizarreta**
37. *Amanda Chocolate.* **Bernard Friot**
38. *Luna quiere un bebé.* **Thierry Lenain**
39. *¿Quién es Nuria?* **Florence Cadier**
40. *Gabriel y la isa azul.* **Amélie Cantin**
41. *Tomás y las tijeras mágicas.* **Ricardo Alcántara**
42. *Un móvil en el Polo Norte.* **Carl Norac**
43. *Cariñoso bicho malo.* **Dirk Nielandt**
44. *¿Quién soy yo?* **Gianni Rodari**
45. *El maravilloso puente de mi hermano.* **Ana María Machado**
46. *Nel pinta lo que quiere.* **Ben Kuipers**
47. *¡Vamos, cuentos, a Belén!* **Ana Mª Romero Yebra**
48. *Constantino hace llover.* **Ana María Machado**
49. *Las pataletas de Paula.* **Anne-Marie Chapouton**
50. *Usoa, llegaste por el aire.* **Patxi Zubizarreta**
51. *El pintor.* **Gianni Rodari**
52. *Otilia imagina.* **Antonio Vicente**
53. *¡Ya soy mayor, mamá!* **Thierry Lenain**
54. *Un par de alas.* **Ana Tortosa**
55. *Amigo Mundo.* **Bruno Tognolini**
56. *El cazador de incendios.* **Iris Rivera**
57. *Para hacer un pastel de manzana.* **Pablo Albo**
58. *Como antes.* **Ana Tortosa**